VNE CENTVRIE D'ANAGRAMMES SENTENCIEVSES,

Sur l'Augufte Nom DE SA MAIESTE' TRES-CHRESTIENNE

LOVYS QVATORSIÉME DV NOM,
ROY DE FRANCE ET DE NAVARRE.

DEDIEE AV ROY.

Qui poϋrra feruir d'Argument à la IX. & X. Partie de la France Guerriere.

Par IEAN DOVET, *Efcuyer, Sieur de Romp-Croiffant.*

A PARIS,
Chez MATHVRIN HENAVLT, ruë S. Iacques,
à l'Ange Gardien.

M. DC. XLVII.
Auec Permiffion.

AV ROY.

IRE,

 Ayant eu le deſſein de faire quelques Anagrammes pour honorer l'Auguſte Nom de VOSTRE MAIESTE'. Le zele que i'ay pour ſa Gloire ; celle de ſes ſubjects ; de ſon Royaume ; & de ſes Royales & Celeſtes Fleurs de Lis : m'a fait trouuer cette matiere ſi ample ; ſi belle ; & ſi riche : que i'en ay rencon-

A ij

tré heureusement vne Centurie toute entiere sur le seul suiet que ie m'estois proposé ; qui est le plus sainct , le plus desiré , & le plus glorieux que la Chrestienté attend depuis long-temps du premier Monarque du Monde , & de ses valeureux François. C'est ce qui m'a obligé de presenter à V. M. cette nouuelle preuue de mes tres-humbles deuoirs , comme estant

SIRE,

De Vostre Majesté tres-Auguste,

Le tres-humble, tres-obeïssant,
& tres-fidelle seruiteur & sujet ,

I. DOVET. E. S. D. R.

ADVERTISSEMENT
AV LECTEVR.

Res-chers Lecteurs; Ie vous supplie tres-humblement, de ne pas apporter tant de rigueur à l'examen de nos *Ana-grammes*, que de tenir pour defectueu-ses celles où vous trouuerrez, vne des licences suiuan-tes : Vne lettre plus ou moins ; ou vne lettre changée pour vne autre : ny aussi iuger estre vne faute, si en aucune des susdites Anagrammes vous y trouuez ; é done, au lieu de, et; donne : & encore, tems, eluë, come, Crétiens, étre, qune, tura; pour : temps, esleuë, comme, Chrestiens, estre, qu'vne, tuëra : d'autant que plusieurs sçauantes personnes escriuent de ceste ma-niere-là ; & tiennent, qu'vne breue ortographe ne doit passer pour mauuaise, quand elle fait entendre net-tement ce que l'on veut dire, & qu'elle ne donne suiet de faire aucun équiuoque. Ce n'est pas à dire qu'en toutes nos Anagrammes l'on y rencontre de telles ou semblables licences, d'autant qu'vn bon nom-bre d'icelles n'en ont aucunes. Licences moindres tou-tes-fois que plusieurs Auteurs d'Anagrammes, tant anciens que modernes, se sont données ; ainsi que vous le pourrez iuger aisément ; si vous prenez la peine d'examiner leurs Ouurages : comme vous pourrez bien faire le nostre. Nuls desquels Auteurs encore, n'ont sans doute fait tant d'Anagrammes sur vn mesme nom, & sur vn mesme suiet ; ny mesmes aussi fait de leurs Anagrammes vn discours suiuy, comme vous trouuerez celles que nous vous presentons. Ce qui ·n'est pourtant pas tout ce que nous vous pourrions dire & donner en ce genre d'escrire : non plus que sur diuers autres suiets d'vne autre nature. Vous aduertissant d'ailleurs, que suiuant la commune opinion des plus habiles hommes en matiere d'Anagrammes ; il est plus aisé d'en faire vne centaine en Latin, qu'vne dixaine en François. Donc celuy qui nous voudra reprendre trop rigoureusement, qu'il commence, s'il luy plaist, à mieux faire que nous ; & du moins aussi amplement. A Dieu.

ANAGRAMMES
DV ROY

LOVIS QVATORSIÉME DV NOM

ROY DE FRANCE ET DE NAVARRE.

1   VN Roy aimé de Dieu, renuerſera la force d'Otoman Turq.

2   Le Franc amour Roy, don de Dieu, eſt Monarque tres-aimé.

3   O rare nation éluë des Francs! ô que Dieu t'aime d'amour !

4 Don de rares Fleurs à Roy, or çà Dieu
t'aime vniquement.

5 Dieu, ô Tout ! n'ayme de rare amour
que les Roys de France.

6 Vois,ô terre ronde! que ton Dieu ayme
la France d'amour.

7 Dieu ordonera armées de Crétiens que
l'Otoman fuïra.

8 D'vne armée de Croisés à Dieu l'on rui-
nera Otoman Turq.

9 Dieu qui Eſt, renuerſera, foudroira l'O-
toman ce damné.

10 Dieu enuoiera foudre Ærien ſur l'ame
d'Otoman Turcq.

11 Le Dieu des armées foudroiera à rien vn
Turcq Otoman.

12 Ce Dieu des armées ne foudroira en
vain l'Otoman Turq.

13 Qui deſtruira Otoman demon, é nous
deliurera ? France.

14 O Dieu! qui verſera l'Ottoman? l'armée
d'vn Roy de France.

15 Dieu dreſſe vne armée, à foudroier l'O-
toman Caïn Turq.

16 Oriflame Eſtendard du Ciel! Quoy? va
renuerſer Otoman.

17 Va Lis Croisé de Dieu! va en mer; on
deffera Otoman Turq.

18 Toy vn Ceſar orné de fleurs qu'aime
Dieu: Arme ton dard.

19 Vas Franc Roy aimé, doné de Dieu! verſer le Turq Otoman.

20 Va Roy de Dieu-donné! va m'eſcraſer
é tuer l'Otoman fyer.

21 E voy qu'il ruine é maſſacre, faute d'ordre. Donne à mort.

22 Va va, tres-rare Roy Loüis! de mon écu
défendray ton ame.

23 Va ô franc, don de Dieu! verſer Otoman
é Turqs à miliers.

24 Ton armée éfraiera les Turqs; va donc
Roy au nom de Dieu.

25 Dieu d'armée, vien-çà; foudroie, terraſſe
l'Otoman Turq.

26 Oüy ! Roy d'armée de Dieu, venez fra-
caſſer l'Otoman Turq.

27 Dieu dira ; orſus ! ô l'armée de France !
ruine, tuë Otoman.

28 Or viens l'aimé de Dieu ! done, ruë é fra-
caſſe Otoman Turq.

29 Ie, Qui Suis ; Ordone que l'armée de
France turra Otoman.

30 Ie Vis ! Otoman Turq en moura de l'armée du Roy de France.

31 Or çà, foudroie la Turquie de mes en-
nemis ; va, ô ne tarde !

32 Sortés armée de Dieu, é du franc Roy ;
Vainqués l'Otoman.

33 Dieu vray, iure de confondre les armées
d'Otoman Turq.

34 Cà, ô amy, é ton Oriflame, don de
Dieu ; va Turqs renuerſer.

35 Amy ; Dieu t'ordone Duc é Aſile ; va enferrer Otoman Turq.

36 Dieu dit, Armée Françoiſe done, l'Otoman Turq verſera.

37 Va, Dieu a iuré de renuerſer de François l'Otoman mort.

38 Va Oriflame, Eſtendard du Ciel ! voy
renuerſer Otoman.

39 Va amy, foudroie le Turcq; ne redou-
tes à rien ſon armée.

40 Dieu a iuré de la confondre en mer; é
Otoman Turq auſſy.

41 D'armées que ie donneray, le fou d'O-
toman Turc verſera.

42 Sortés en Dieu, armée du Roy de France, qui tura Otoman.

43 Moy Ceſar, ſors atorné du dart fleu-
ronné que Dieu aime.

44 A Dieu Roy de France! verſe le Troſne
d'Otoman qui moura.

45 Va ame de Lis ! foudroie, déracine, renuerſe Otoman Turq.

46 Va Roy Croiſé de Dieu, va; l'Otoman
Turq defferas en mer.

47 Dauid François, renuerſe, tuë ! é qui?
l'Otoman rede mort.

48 Que le demon ruë fur l'Otoman; i'aïde-
ray tous de France.

49 Vn Dieu armé d'ire ne ceſſera à foudroier Otoman Turq.

50 Va franc Roy de Dieu-doné, verſe Otoman é Turqs par mile.

51 A ie ſay! que Dieu m'a ordoné d'enferrer Turs, é l'Otoman.

52 Sus va, Dieu m'aïde, il a ordoné d'enferrer Otoman Turcq.

53 A moy, va done, le Turq ſera foudroié
d'arme Creſtienne.

54 Voicy l'Eſtendar de flâme d'or, qui renuerſera Otoman.

55 Dieu foudroyera, é m'a ordonné tuer le
Turq, ſans mercy.

56 Vé ſur Otoman; il doit, é s'en va mourir
d'armée de France.

57 Le Roy de France, aimé de Dieu, nous
verſera Otoman Turq.

58 D'arme Françoiſe l'Otoman renuersé, et
vainqu de iour.

59 Ouy, diſ-je, l'on verra tué Otoman Turq
d'armée de France.

60 Dieu a ordoné aus François metre le
Turq de vie à mort.

61 Ça, O noſtre Mars! ça, va foudroier, tuer
l'ennemy de Dieu.

62 Venés-çà, Dieu d'armées, foudroiés à
rien l'Otoman Turq.

63 O Dauid, viens deçà! va me renuerſer
mort l'Otoman fyer.

64 Voy le Dauid & Mars de France, qui
renuerſera Otoman.

65 Enuoyé, va d'ordre; maſſacre et foudroie l'ennemy Turq.

66 Armé de Dieu, ruine, caſſe, foudroie à
rien Otoman Turq.

67 Viue Dieu! Sa. Il m'a ordoné d'enferrer
Turqs et Otoman.

68 Va amy Sacré, puis que Dieu t'ordone
d'enferrer Otoman.

69 O Mars, va foudroier! O Dauid, l'ennemy Crétien ſera tué!

70 Voiés l'armée Turque Otomane rui-
née du dard François.

71 Turquie vainquë de rares Lis d'or , en
face d'Otoman More.

72 De l'armée Françoise du Roy ; Otoman
sera reuainqu, tué.

73 Oüy ! le Franc Roy des armées de Dieu,
tuera Otoman Turq.

74 L'armée Françoise de Dieu ; va tuer
Otoman Roy de Turqs.

75 Voy qun Dieu de France armé , l'Otoman rudoie , terrasse.

76 Voiés qun rude Dieu d'armée Françoise, aterre l'Otoman.

77 Voy qu'vne armée de francs Lis , rud-
doie Otoman aterré.

78 L'Otoman reaterré, vaincqu é foudroié
d'armées vnies.

79 Voy, que l'Otoman é terrafsé d'vn franc
Roy armé de Dieu.

80 Voy den l'Asie Otoman Turq versé, du
Roy de France armé.

81 Dis; Voy, voy l'Otoman Turq aterré d'vne armée de France.

82 A! Ie voy Otoman Turq versé de l'arme d'vn rude François.

83 Vn armé de Dieu, caſſe et foudroie à rien l'Otoman Turq.

84 Otoman Turq ruiné, caſsé, foudroié à rien de Dieu armé.

85 E! qui a renuersé l'Otoman rede mort? vn Dauid François.

86 Loüis Roy de France, amé de Dieu, a renuersé Otoman Turq.

87 Dieu a ore versé de main Françoiſe l'Otoman rude Turq.

88 Turqs Criés! A le Dieu d'armée a ruiné, foudroyé Otoman!

89 Dy, ô rare Veniſe! le Roy de France me ſauue d'Otoman Turq.

90 Ieruſalem demande vn Roy; Or qu'a-tens-tu Roy de France.

91 Don Franc, ô ma vertu! Ieruſalem deſire te voir; va donq.

92 N'erre, ô franc Roy! ô demande à Dieu
Ierufalem fur tout!

93 Roy de France, Ie te donne Ierufalem,
dors-tu? va ô Amour!

94 O franc Roy, que n'arme-tu? Dieu t'a
ores donné Ierufalem.

95 O mon Roy de France! va dominer Ierufalem, que tarde-tu?

96 Dous franc Roy, et à qui Dieu a doné
Ierufalem, or en mer.

97 Donq, ô vertueus Roy de France! va
dominer ta Ierufalem.

98 Vas droit en Turquie, armée de mon
Loüis Roy de France.

99 L'on vous fera de par Dieu et Marie,
Monarcque d'Orient.

100 Ie redy, O mon Roy de France! tu feras
Monarque du Leuant.

I. DOVET. E. S. D. R.